¡Yo sé leer!

LECTURA INDEPENDIENTE 3

Josefina y la colcha de retazos

Eleanor Coerr

Ilustrado por Bruce Degen

Traducido por Aída E. Marcuse

rayo

Una rama de HarperCollins*Publishers*

HarperCollins®, ☕®, ¡Yo sé leer!, y Rayo® son marcas registradas de HarperCollins Publishers.

Josefina y la colcha de retazos Texto: © 1986 por Eleanor Coerr Ilustraciones: © 1986 por Bruce Degen Traducido por Aída E. Marcuse Traducción © 1995 por HarperCollins Publishers Todos los derechos reservados. Impreso en China. Se prohíbe reproducir, almacenar, o transmitir cualquier parte de este libro en manera alguna ni por ningún medio sin previo permiso escrito, excepto en el caso de citas cortas para críticas. Para recibir información, diríjase a: HarperCollins Children's Books, a division of HarperCollins Publishers, 1350 Avenue of the Americas, New York, NY 10019. www.icanread.com

Library of Congress ha catalogado esta edición.

ISBN-10: 0-06-088713-3 (pbk.) — ISBN-13: 978-0-06-088713-1 (pbk.)

2 3 4 5 6 7 8 9 10   ❖   La primera edición de este libro fue publicada por HarperCollins Publishers en 1995.

Índice

Josefina

Era el mes de mayo de 1850.

Esperanza estaba contenta

porque ella y su familia se marchaban

a California en una carreta.

—Mamá, por favor,

¿puedo llevar a Josefina? —preguntó.

Josefina era su gallina

y Esperanza la quería mucho.

Le gustaba sentir cómo se quedaba

quietecita en sus brazos

y cómo la seguía a todas partes.

Mamá horneaba pan

para el largo viaje.

—Pregúntale a Papá —le dijo.

Papá y Adán, el hermano de
Esperanza, cargaban la carreta.

—Por favor, Papá —rogó Esperanza—
¿puedo llevar a Josefina?

—No hay lugar para mascotas
—dijo Papá.

—¡Eso no es justo! —dijo Esperanza—.

Adán lleva su potrillo.

—Un potrillo no es una mascota.

Puede cargar el maíz —dijo Papá.

—¿Qué puede hacer Josefina?

—bromeó Adán—. Es demasiado

vieja para poner huevos

y muy dura para comérsela.

A Esperanza se le llenaron los ojos
de lágrimas.

Corrió a la casa.

Mamá se sentó en la mecedora
con Esperanza en su falda.

—Todos tenemos que dejar cosas atrás
—dijo cariñosamente—.

A mí me encanta esta mecedora,
pero no hay lugar en la carreta
para llevarla —dijo.

Esperanza hizo un esfuerzo por
reprimir sus sollozos.

—Pero yo cuidé a Josefina

desde que era un pollito —dijo—.

¿Quién se ocupará de ella ahora?

—Quizás un vecino pueda

quedarse con ella —dijo Mamá.

Pero nadie quería una gallina

que era demasiado vieja

para poner huevos

y muy dura para comérsela.

¡A California!

A la mañana siguiente,

la carreta estaba lista para partir.

Tenía un ribete azul

y un techo de lona blanca.

Mamá dio un paso atrás para

admirarla.

—Parece una maceta de flores con

ruedas.

¿Verdad que es preciosa? —dijo.

Esperanza no contestó.

Estaba muy preocupada por Josefina.

—¿Pusiste las provisiones y las cosas
de la cocina en la carreta?

—preguntó Mamá.

Papá asintió con la cabeza.

—Entonces, sólo falta la ropa
de cama —dijo Mamá.

"Y Josefina" pensó Esperanza,
cada vez más triste.

Papá puso los colchones
dentro de la carreta
y Mamá los cubrió
con las colchas de retazos.

—No podemos dejar estas colchas aquí.
Todas nuestras memorias alegres
y tristes están representadas en ellas
—dijo Mamá.

Esperanza abrazó a Josefina fuertemente.

—Tampoco podemos dejar a mi gallina —dijo ella.

—¡Josefina SE QUEDA! —dijo Papá—.

¡Ponla en el suelo ahora mismo!

Esperanza se quedó de pie, inmóvil,

acariciando las plumas de Josefina

y haciendo esfuerzos para no llorar.

Mamá le rogó a Papá, con la mirada,

y Papá suspiró.

—Está bien, Esperanza —dijo—,

pero si causa algún problema,

¡AHÍ SE QUEDA!

—Muchas gracias, Papá

—dijo Esperanza—.

¡Te prometo que se portará bien!

Esperanza colocó a Josefina en su jaula
y Papá colgó la jaula en la parte de atrás
de la carreta.

Después alzó a Esperanza
y la sentó junto a la jaula.

Mamá le dio la bolsa de retazos.

—Cose un retazo cada vez
que puedas —le dijo.

Esperanza sabía lo importante que
eran esas colchas para recordar
la historia de la familia.

—¡En marcha! ¡A California!

—gritó Papá,

chasqueando su largo látigo.

¡ZAAAAÁS!

Los bueyes se pusieron en marcha.

Las campanillas de los bueyes
tintinearon.

Las pesadas cadenas de la carreta
rechinaron y las ruedas entonaron
su monótona canción.

Esperanza, sintiéndose feliz,

le sonrió a Josefina.

La carreta sería su hogar

durante el largo viaje al Oeste.

Después sacó un retazo de tela

de la bolsa.

—El primer cuadrado será

una caravana de carretas —dijo.

Y, cuidadosamente, empezó a coser,

con puntadas muy pequeñas,

la rueda de una carreta.

¡Qué líos!

Cuando cayó la noche,

colocaron las carretas en círculo

alrededor de los animales.

Las mujeres prepararon la cena

sobre una fogata.

Después de comer cantaron

y tocaron el banjo.

Esperanza dejó de coser

y sacó a Josefina de su jaula

para que caminara un poco.

De pronto se oyó un fuerte ladrido:

¡GRRRRRUAU!

Un perro salió corriendo detrás
de Josefina. Ésta cacareaba
y corría muy asustada.

—¡Regresa! —gritó Esperanza.

Pero era demasiado tarde.

Josefina corría entre los animales.

Los caballos relinchaban
y trotaban asustados.

Las vacas pateaban y mugían.

Los bueyes bramaban.

—¡Todo por culpa de esa gallina!

—gritaba Papá, mientras corría tras ella—.

¡Casi causa una estampida!
—dijo muy enojado—.
¡AQUÍ SE QUEDA!
—¡Por favor, Papá,
dale otra oportunidad!
—le rogó Esperanza—.

Fue culpa del perro.

—Es cierto —dijo Mamá—.

Yo lo vi desde aquí.

Papá puso a Josefina en la jaula.

—Ésta es su última oportunidad.

Esa noche Esperanza suplicó:

—Josefina, por favor, pórtate bien.

—Cloc . . . Cloc . . .

—respondió la gallina.

Se entendían una a la otra

perfectamente,

como dos buenas amigas.

El rescate

Josefina se portaba bien.

Pasaba el día mirando a Esperanza

coser los retazos de la colcha.

No cacareó cuando el granizo cayó

sobre la lona de la carreta, ni cuando

llegaron las lluvias de primavera

y se empaparon sus plumas.

Apenas cacareaba

cuando oía aullar los coyotes

durante la noche.

¡Pero cómo cacareaba

cuando cruzaban un río!

Un día llegaron a un río

ancho y turbio.

Josefina causó un alboroto tan

grande que Esperanza tuvo que

sacarla de la jaula

y sujeterla contra su pecho.

—No tengas miedo

—le canturreó bajito.

Papá guiaba los bueyes por el río
cuando ¡ZAAAAAÁS!

Una rueda trasera se enterró
en un surco.

Esperanza entreabrió los brazos
sin darse cuenta.
Josefina cayó al río
y la corriente la arrastró.

—¡Por favor, salven a mi gallina!

—gritó Esperanza.

Adán se tiró al río,

pero la corriente era tan fuerte

que se necesitaron tres hombres

para sacarlos del agua.

—¡Basta! —gritó Papá—.

Josefina es demasiado vieja

para poner huevos,

muy dura para comérsela,

y se cae en los ríos.

¡AQUÍ SE QUEDA!

En ese momento,

Josefina encrespó las plumas,

lanzó un orgulloso

—¡CLOC, CLOC, CLOC!

y puso un enorme huevo blanco.

—¡Caramba! —dijo Papá—.

¡Ha vuelto a poner huevos!

—¡Magnífico! —dijo Mamá—,
tendremos huevos frescos.

Gracias a eso, Josefina se quedó.

Esperanza encontró un retazo blanco,
como el huevo, para la colcha.

¡Ladrones!

La primavera se convirtió en verano.

El desierto se tornó aún más

seco y caluroso.

Esperanza contó los retazos,

ya tenía quince.

Ahora haría uno sobre el desierto.

Pero una desgracia seguía a la otra.

Las ruedas de las carretas se zafaban.

No había suficiente comida

para los animales.

Murieron tres bueyes.

Papá tuvo que abandonar

sus herramientas y la cocina

de hierro de Mamá.

Dos viejitos fallecieron

y fueron sepultados

a un lado del camino.

Ya nadie reía ni cantaba.

Nadie sonreía.

Esperanza siempre tenía hambre

pero no se quejaba.

Buscaba semillas para Josefina.

La marcha se hacía más difícil

en las colinas, donde el camino era

empinado y rocoso.

Una mañana llegaron algunos indios.

Querían canjear carne de búfalo y agua

por las colchas de retazos de Mamá.

—¡Ni hablar! —dijo Mamá—.

¡Prefiero morir de hambre!

Querían llevarse a Josefina.

—¡Jamás! —gritó Esperanza—.
¡Prefiero morir!

50

Papá canjeó ropa

por agua y comida.

Después de la cena,

todos se sintieron mejor.

Pero los alimentos se les

terminaron rápidamente.

—Si los indios regresan

—le dijo Papá a Esperanza—,

no tendremos más remedio

que darles a Josefina

a cambio de agua.

Esperanza rezó para

que no regresaran nunca.

La noche era helada.

Los hombres dormían

bajo las carretas.

Mamá les dio las colchas a Papá

y a Adán, y ella y Esperanza se

arroparon con mantas viejas.

A medianoche, dos ladrones
entraron en el campamento
y se acercaron a la carreta.
Cuando trataron de llevarse las
colchas, Josefina los oyó.

—¡CLOC, CLOC, CLOC!
—cacareó alarmada.

Todos despertaron y los
ladrones huyeron rápidamente.
Por primera vez en muchos días,
Papá comenzó a reír.

—Josefina será vieja —dijo—,
pero es un magnífico guardián.

¡Adiós, Josefina querida!

Papá se acercó a la jaula
para darle las gracias a Josefina,
pero la pobre gallina vieja
estaba tendida en el suelo.
Esperanza ocultó la cara
en el pecho de Mamá.

—Ten valor —dijo Mamá,
con dulzura—.

Josefina disfrutó de una larga vida.

—Puedes sentirte muy orgullosa
de ella —dijo Papá.

—Dio su vida por ayudarnos
—dijo Adán.

Pero Esperanza no se consolaba.

No lograba contener el llanto.

Mamá la abrazó

por largo rato.

El funeral de Josefina

fue al día siguiente.

Esperanza la envolvió

con el retazo de tela

más hermoso que tenía,

y Adán la enterró a la sombra

de un alto pino.

—¡La extraño tanto!

—susurró Esperanza entre sollozos.

Finalmente secó sus lágrimas

y fue en busca de la bolsa de retazos.

—Voy a coser un pino

en memoria de Josefina —dijo.

Continuaron la marcha

y al poco tiempo encontraron

agua y comida.

Cuando llegaron a California,

Esperanza había terminado los retazos.

En su nueva cabaña,

Papá construyó un bastidor

y toda la familia ayudó a Esperanza

a coser los retazos para

la colcha de su cama.

Mientras cosían los retazos,

recordaban los buenos

y los malos momentos

que pasaron durante

el viaje en caravana.

Y todas las noches,

Esperanza dormía feliz y

bien arropada

bajo la colcha de retazos de Josefina.

Nota de la autora

A mediados del siglo pasado, miles de pioneros viajaron al Oeste en carretas en busca de una vida mejor. Generalmente partían de los pueblos fronterizos de Missouri en la primavera, en grupos de familias que viajaban en caravanas para ayudarse y protegerse unos a otros. Demoraban unos seis meses en llegar a California.

Cada carreta iba cargada de provisiones, cacerolas, herramientas, ropas y muebles. Se necesitaban cinco o seis yuntas de bueyes para tirar de ella. Recorrían entre doce y quince millas diarias a través de peligrosos ríos, calurosos desiertos y caminos rocosos y escarpados.

Los niños no iban a la escuela, pero tenían tareas en qué ocuparse. Las mujeres y las niñas tejían, remendaban la ropa o hacían colchas de retazos.

Las colchas de retazos se regalaban a los recién nacidos, en los cumpleaños y en las bodas. Atesoradas por sus dueños, las más hermosas se exhibían en las ferias de los pueblos y algunas obtenían premios.

En aquellos tiempos, las colchas de retazos no sólo servían de abrigo, sino que en ellas se representaba la vida diaria de cada familia. Muchos de los diseños que se utilizan hoy en día, como la rueda de carreta, la estrella de Texas, la cabaña de maderos y la flor del cacto, tienen su origen en la época de las caravanas de carretas.

En algunos museos se conservan colchas de retazos tan antiguas como la que cuenta la historia de Esperanza y Josefina.